For my mother, Lillian

– A. S.

For my mother and father with gratitude

– X. L.

Text copyright © 2000 by Aaron Shepard
Illustrations copyright © 2000 by Xiaojun Li
Spanish translation copyright © 2000 by Pan Asian Publications (USA) Inc.

Published in the United States of America by EduStar Press,
an imprint of Pan Asian Publications (USA) Inc.
29564 Union City Blvd., Union City, CA 94587
Tel. (510) 475-1185   Fax (510) 475-1489

This story first appeared in *Cricket*, 1999, and in Australia's *School Magazine*, 1999.
Cover design by Xiaojun Li
Book design by Paula Sugarman and Linda Pucilowski,
Sugarman Design Group, LLP
Editorial and production assistance: Art & Publishing Consultants, Montreal

ISBN 1-57227-065-9
Library of Congress Catalog Card Number: 99-68249

Printed by South China Printing Co. (1988) Ltd., Hong Kong

The Magic Brocade

A Tale of China

El Brocado Mágico

English/Spanish

Retold by Aaron Shepard   Illustrated by Xiaojun Li
Spanish Translation by Frank P. Araujo

EDUSTAR PRESS

Once in China there lived an old widow and her son, Chen. The widow was known all over for the brocades that she made on her loom. Weaving threads of silver, gold, and colored silk into her cloth, she made pictures of flowers, birds, and animals so real they seemed almost alive. People said there were no brocades finer than the ones the widow wove.

Una vez en la antigua China vivía una anciana viuda con su hijo, Chen. La viuda era famosa por los brocados que solía tejer en su telar. Entrelazando en su paño hilos de plata, de oro y de seda de colores, creaba cuadros de flores, pájaros y animales, en una forma tan real que casi parecían vivos. Se decía que no había brocados más finos que los que la viuda tejía.

One day, the widow took a pile of brocades to the marketplace where she quickly sold them. Then she went about buying her household needs.

All at once she stopped. "Oh, my!" Her eye had been caught by a beautiful painted scroll that hung in one of the stalls. It showed a marvelous palace, all red and yellow and blue and green, reaching delicately to the sky. All around were fantastic gardens and, walking through them, the loveliest maidens.

"Do you like it?" asked the stall keeper. "It's a painting of Sun Palace. They say it lies far to the east and is the home of many fairy ladies."

"It's wonderful," said the widow with a shiver and a sigh. "It makes me want to be there."

Un día, la viuda llevó unos brocados al mercado donde los vendió sin demora. Luego, se dedicó a hacer las compras para su casa.

De repente, se detuvo: —¡Dios mío! —. Su vista había captado un hermoso rollo de papel pintado que colgaba en uno de los puestos. En él, se veía un palacio maravilloso, todo rojo y amarillo y azul y verde, que se extendía hacia el cielo. A su alrededor, había jardines magníficos y a través de ellos paseaban las doncellas más bonitas.

—¿Le gusta? —preguntó el vendedor—. Es un cuadro del Palacio del Sol. Dicen que queda lejísimo, al este, y que es el hogar de muchas doncellas-hadas.

—¡Es estupendo! —dijo la viuda, con un temblor y un suspiro—. Me dan ganas de estar allí.

Though it cost most of her money, the widow could not resist buying the scroll. When she got back to her cottage, she showed it to her son. "Look, Chen. Have you ever seen anything more beautiful? How I would love to live in that palace, or at least visit it!"

Chen looked at her thoughtfully. "Mother, why don't you weave the picture as a brocade? That would be almost like being there."

"Why, Chen, what a marvelous idea! I'll start at once."

She set up her loom and began to weave. She worked for hours, then days, then weeks, barely stopping to eat or sleep. Her eyes grew bloodshot, and her fingers raw.

"Mother," said Chen anxiously, "shouldn't you get more rest?"

"Oh, Chen, it's so hard to stop. While I weave, I feel like I'm there at Sun Palace. And I don't want to come away!"

Because the widow no longer wove brocades to sell, Chen cut firewood and sold that instead. Months went by, while inch by inch the pattern appeared on the loom.

A pesar de que le costó casi todo el dinero que tenía, la viuda no pudo resistir comprar el rollo de papel. Cuando volvió a su casa, lo mostró a su hijo.

—Mira, Chen, ¿has visto alguna vez algo más hermoso? ¡Cómo me gustaría vivir en ese palacio o, por lo menos, poder visitarlo!

Chen la miraba pensativamente: —Mamá, ¿por qué no tejes esta pintura en un brocado? Eso te haría sentir casi como si estuvieras allí.

—Chen, ¡qué idea tan maravillosa! Comenzaré ahora mismo.

Se dirigió al telar y empezó a tejer. Trabajaba durante horas, días y semanas, parando sólo para comer o dormir. Sus ojos se inyectaron de sangre, sus dedos se quedaron en carne viva.

—Mamá—dijo Chen con inquietud—, ¿no deberías descansar un poco?

—¡Ay, Chen, es que no puedo detenerme. Cuando tejo, siento como si estuviera en el Palacio del Sol. ¡Y no quiero partir de allí!

Como la viuda no tejía más brocados para vender, Chen cortaba leña y la vendía. Pasaron meses y, poco a poco, el dibujo iba apareciendo en el telar.

One day, Chen came in to find the loom empty and the widow sobbing. "What's wrong, Mother?" he asked in alarm.

She looked at him tearfully. "I've finished it."

The brocade was laid out on the floor. And there it all was—the palace reaching to the sky, the beautiful gardens, the lovely fairy ladies.

"It looks so real," said Chen in amazement. "I feel like I could step into it!" Just then, a sudden wind whipped through the cottage. It lifted the brocade, blew it out the window, and carried it through the air. The widow and her son rushed outside, only to watch the brocade disappear into the east.

"It's gone!" cried the widow, and she fainted away.

Un día, Chen llegó y halló el telar vacío y a su madre llorando.

—¿Qué te pasa, mamá? —preguntó alarmado. Ella lo miró con los ojos llenos de lágrimas: —Lo acabé.

El brocado descansaba en el piso, y allí estaba el palacio extendiéndose hacia al cielo, los bellos jardines, las hermosas doncellas.

—Parece tan real —dijo Chen asombrado—. ¡Siento como si pudiera entrar en él!

En ese momento, una ráfaga de viento entró en la cabaña, levantó el brocado, lo sacó por la ventana y se lo llevó volando. La viuda y su hijo se precipitaron fuera de la cabaña sólo para ver cómo el brocado desaparecía hacia el este.

—¡Se fue! —gritó la viuda y se desmayó.

Chen carried her to her bed and sat beside her for many hours. At last her eyes opened.

"Chen," she said weakly, "you must find the brocade and bring it back. I cannot live without it."

"Don't worry, Mother. I'll go at once."

Chen gathered a few things and started off toward the east. He walked for hours, then days, then weeks. But there was no sign of the brocade.

Chen la llevó a la cama y se quedó a su lado por muchas horas. Por fin, ella abrió los ojos.

—Chen —dijo débilmente—, tienes que hallar el brocado y traérmelo. No puedo vivir sin él.

—No te preocupes, mamá. Saldré enseguida.

Chen recogió unas pocas cosas y se puso en camino hacia el este. Caminó durante horas, días y semanas. Pero no encontró ningún rastro del brocado.

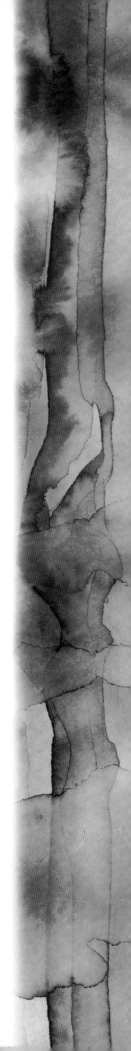

One day, Chen came upon a lonely hut. Sitting by the door was an old, leather-skinned woman smoking a pipe. A horse was grazing nearby. "Hello, deary," said the woman. "What brings you so far from home?"

"I'm looking for my mother's brocade. The wind carried it to the east."

"Ah, yes," said the woman. "The brocade of Sun Palace! Well, that wind was sent by the fairy ladies of the palace itself. They're using the brocade as a pattern for their weaving."

"But my mother will die without it!"

"Well, then, you had best get it back! But you won't get to Sun Palace by foot, so you'd better ride my horse. It will show you the way."

"Thank you!" said Chen.

"Oh, don't thank me yet, deary. Between here and there, you must pass through the flames of Fiery Mountain. If you make a single sound of complaint, you'll be burnt to ashes. After that, you must cross the Icy Sea. The smallest word of discontent, and you'll be frozen solid. Do you still want to go?"

"I must get back my mother's brocade."

"Good boy. Take the horse and go."

Un día, Chen encontró una casita solitaria. Sentada en la puerta estaba una anciana, cuyo cutis parecía cuero, fumando una pipa. Junto a la casita, un caballo apacentaba.

—Hola, querido —dijo la anciana—. ¿Qué te trae tan lejos de tu hogar?

—Busco el brocado de mi madre. El viento se lo llevó hacia el este.

—Ah, sí —dijo la anciana—. ¡El brocado del Palacio del Sol! Ese viento fue enviado por las doncellas-hadas del palacio. Usan el brocado como modelo para sus tejidos.

—¡Pero sin él mi madre morirá! —dijo Chen.

—Ajá, ¡entonces vale la pena recuperarlo! Pero no puedes llegar al Palacio del Sol a pie. Debes montar mi caballo. Él te mostrará el camino.

—Muchas gracias —dijo Chen.

—No me lo agradezcas todavía, querido. Para llegar allí, debes pasar a través de las llamas de la Montaña de Fuego. Si emites un solo sonido de queja, te quemarás hasta convertirte en ceniza. Y después de esta tarea, debes cruzar el Mar de Hielo. Si dices la más pequeña palabra de descontento, te congelarás. ¿Todavía quieres ir?

—Tengo que recuperar el brocado de mi madre.

—Eres un buen muchacho. Toma el caballo y vete.

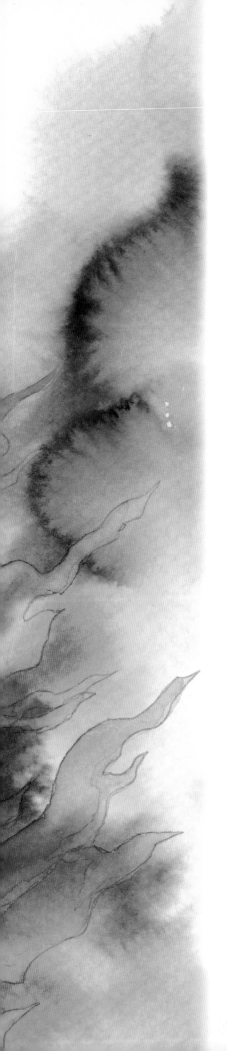

Chen climbed on, and the horse broke into a gallop. Before long they came to a mountain all on fire. Without missing a step, the horse started up the slope, leaping through the flames. Chen felt the fire singe his skin, but he bit his lip and made not a sound.

At last they came down the other side. When they had left the flames behind, Chen was surprised to find that his burns were gone.

Chen subió, y el caballo partió a galope. Poco tiempo después, llegaron a una montaña que ardía. Sin vacilar, el caballo subió la montaña, saltando a través de las llamas. Chen sentía que el fuego quemaba su piel, pero se mordió el labio y no emitió ni un solo sonido.

Por fin, salieron al otro lado. Cuando habían dejado atrás las llamas, Chen se sorprendió al descubrir que sus quemaduras habían desaparecido.

A little later, they came to a sea filled with great chunks of ice. Without pausing a moment, the horse began leaping from one ice floe to another. Waves showered them with icy spray, so that Chen was soaked and shivering. But he held his tongue and said not a word.

Finally they reached the far shore. At once, Chen felt himself dry and warm.

Un poco más tarde, llegaron a un mar lleno de grandes trozos de hielo. Sin detenerse un instante, el caballo comenzó a saltar de un témpano de hielo a otro. Las olas los salpicaban con agua helada, de manera que Chen estaba calado hasta los huesos y temblaba de frío. Pero se mordió la lengua y no dijo ni una palabra.

Por fin, alcanzaron la orilla lejana. Al instante, Chen se sintió seco y tibio.

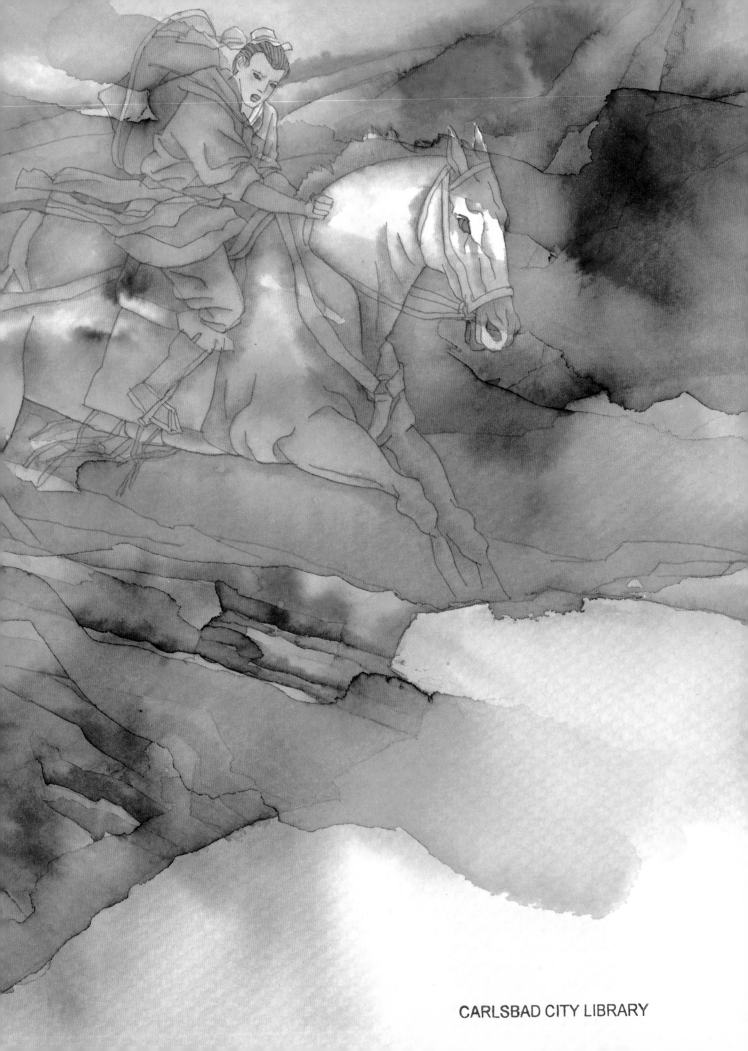

It wasn't long then till they came to Sun Palace. It looked just like his mother's brocade! He rode to the entrance, sprang from the horse, and hurried into a huge hall. Sitting there at looms were dozens of fairy ladies, who turned to stare at him, then whispered to each other excitedly. On each loom was a copy of his mother's brocade, and the brocade itself hung in the center of the room.

Poco después llegaron al Palacio del Sol. ¡Era igual que el brocado de su madre! Se dirigió a la entrada, saltó del lomo del caballo y entró apurado en una sala grande. Allí, sentadas frente a sus telares había docenas de doncellas-hadas que se volvieron a observarlo, y comenzaron a hablar en voz baja entre ellas con excitación. En cada telar había una copia del brocado de su madre y el brocado mismo colgaba de la parte central del salón.

A lady near the door rose from her loom to meet him. "My name is Li-en, and I welcome you. You are the first mortal ever to reach our palace. What good fortune brings you here?"

The fairy was so beautiful that for a moment Chen could only stare. Li-en gazed shyly downward. "Dear lady, I have come for my mother's brocade."

"So you are the widow's son!" said Li-en. "How we admire that brocade! None of us has been able to match it. We wish to keep it here till we can."

"But I must bring it home, or my mother will die!"

Li-en looked alarmed, and a flurry of whispers arose in the room. She stepped away to speak softly with several others, then returned to Chen. "We surely must not let that happen to her. Only let us keep the brocade for the rest of the day, so we can try to finish our own. Tomorrow you may take it back with you."

"Thank you, dear lady," said Chen.

Una doncella que se encontraba cerca de la puerta se levantó de su telar y lo saludó:

—Me llamo Li-en. Bienvenido. Usted es el primer mortal que ha llegado a nuestro palacio. ¿Qué buena fortuna lo ha traído hasta aquí?

El hada era tan bonita que, por un momento, Chen no pudo despegar los ojos de ella. Li-en bajó los ojos tímidamente:

—Querida señorita, he venido por el brocado de mi madre.

—¡Entonces, usted es el hijo de la viuda! —dijo Li-en—. ¡Cuánto admiramos este brocado! Ninguna de nosotras ha podido igualarlo. Queremos guardarlo aquí hasta que lo logremos.

—¡Pero tengo que llevarlo a mi casa o mi madre morirá!

Li-en se quedó estupefacta y un frenesí de susurros brotó en el salón. Ella se retiró para hablar en voz baja con las otras doncellas y luego regresó a donde estaba Chen.

—Por supuesto, no podemos permitir que algo malo le suceda a ella. Permítanos tener el brocado por el resto del día para poder terminar los nuestros. Mañana puede llevárselo.

—Muchas gracias, querida doncella —dijo Chen.

The fairies worked busily to finish their brocades. Chen sat near Li-en at her loom. As she wove, he told her about his life in the human world, and she told him about hers at Sun Palace. Many smiles and glances passed between them.

When darkness fell, the fairies worked on by the light of a magic pearl. At last Chen's eyes would stay open no longer, and he drifted to sleep on his chair.

One by one the fairies finished or left off, and went out of the hall. Li-en was the last one there, and it was almost dawn when she was done. She cut her brocade from the loom and held it beside the widow's. She sighed. "Mine is good, but the widow's is still better. If only she could come and teach us herself."

Then Li-en had an idea. With needle and thread, she embroidered a small image onto the widow's brocade—an image of herself on the palace steps. She softly said a spell. Then she left the hall, with a last long smiling gaze at Chen.

Las hadas trabajaron afanosamente para terminar los brocados. Chen se quedó cerca de Li-en quien trabajaba en su telar. Mientras ella tejía, él le contó acerca de su vida en el mundo de los seres humanos y ella le contó de la suya en el Palacio del Sol. Intercambiaron muchas sonrisas y miradas.

Al anochecer, las hadas seguían trabajando a la luz de una perla mágica. Finalmente, Chen no pudo mantener los ojos abiertos y se durmió en la silla.

Una por una las hadas acabaron las tareas o las dejaron y salieron del salón. Li-en era la última que quedaba y ya casi llegaba el alba cuando terminó. Cortó su brocado del telar y lo puso junto al de la viuda.

—El mío es bueno pero el de la viuda es mucho mejor. Ojalá ella misma pudiera venir aquí para enseñarnos —dijo suspirando.

Entonces, Li-en tuvo una idea. Con la aguja y el hilo bordó una imagen pequeña en el brocado de la viuda —una imagen de ella misma en las escalinatas del palacio. En voz baja pronunció un hechizo. Después miró a Chen sonriente por largo rato y salió del salón.

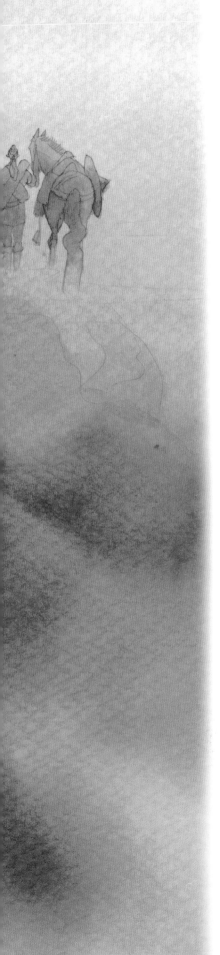

When Chen woke up, the sun was just rising. He looked around the hall for Li-en, but saw no one. Though he longed to find her to say good-bye, he told himself, "I must not waste a moment."

He rolled up his mother's brocade, rushed from the hall, and jumped onto the horse. Back he raced, across the Icy Sea and over Fiery Mountain.

When he reached the old woman's hut, she was standing there waiting for him. "Hurry, Chen! Your mother is dying! Put on these shoes, or you'll never get there in time."

Chen put them on. One step, two, three, then he was racing over the countryside faster than he could believe possible. In no time, he was home.

Cuando Chen se despertó, el sol comenzaba a salir. Miró a su alrededor en el salón buscando a Li-en pero no vio a nadie. Aunque anhelaba verla para despedirse, se dijo: —No puedo demorarme ni un instante.

Enrolló el brocado de su madre, salió a prisa del salón y saltó sobre el lomo del caballo. Cabalgó a través del Mar de Hielo y de la Montaña de Fuego.

Cuando llegó a la casita de la anciana, ella lo estaba esperando.

—¡Date prisa, Chen! Tu madre está a punto de morir. Ponte estos zapatos o no llegarás a tiempo.

Chen se los puso. Un paso, dos, tres, y corrió a través del campo más rápido de lo que creía posible. En poco tiempo, estuvo en su casa.

He rushed into the cottage and found the widow in bed, pale and quiet. "Mother!"

Her eyes opened slowly. "Chen?"

"Mother, I brought it." He unrolled the cloth onto the bed.

"My brocade!" The widow raised herself to look. Color came back to her face, and she seemed already stronger. "Chen, I need more light. Let's take it outside."

He helped her out of the cottage and placed the brocade on a rock. But just then a sudden wind came, and the brocade rose slowly in the air. It stretched as it rose, growing larger and larger, till it filled their view completely. The palace was as large as Chen himself had seen it, and standing on the steps was the fairy lady Li-en.

Entró rápidamente a la casa y encontró a la viuda en la cama, pálida y quieta.

—¡Mamá!

Ella abrió los ojos lentamente: —¿Chen?

—¡Mamá! Te lo traje, y desenrolló el paño sobre la cama.

—¡Mi brocado! La viuda se levantó para mirarlo. El color le volvió a la cara y ya parecía más fuerte. —Chen, necesito más luz. Vamos a llevarlo afuera.

Él la ayudó a salir de la cabaña y puso el brocado sobre una roca. Pero entonces, se levantó un viento repentino y alzó el brocado lentamente en el aire. El brocado se extendía mientras se elevaba, haciéndose más y más grande hasta abarcar la vista por completo. El palacio era tan grande como Chen lo había visto, y en las escalinatas del palacio estaba el hada-doncella, Li-en.

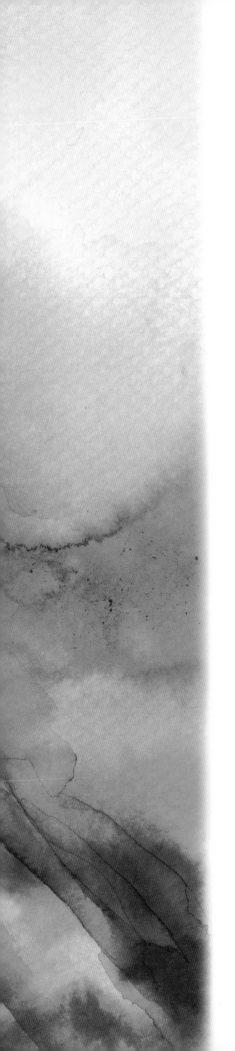

Li-en was beckoning with her hand. "Quickly!" she called. "While the wind still blows! Step into the brocade!"

For a moment, Chen was too astounded to move. Then he took hold of his mother's arm, and together they stepped forward. There was a shimmering, and there they stood before Sun Palace.

Li-en hacía señas con la mano:

—¡Rápido! —les indicó—. ¡Mientras el viento sopla todavía, suban al brocado!

Por un momento, Chen estuvo demasiado asombrado para moverse. Entonces, tomó el brazo de su madre y juntos subieron. Hubo un resplandor y de repente se encontraron frente al Palacio del Sol.

Li-en rushed up to them, and the other fairies gathered around. She said to the widow, "Welcome, honored one. If it pleases you, we wish you to live with us and teach us the secrets of your craft."

"Nothing could please me more!" cried the widow. "But, Chen, is it all right with you?"

Chen looked in Li-en's eyes and smiled. "Yes, Mother, it's just fine with me." So the widow became teacher to the fairies, and Chen became husband to Li-en. And people say there are no brocades finer than the ones they weave at Sun Palace.

Li-en corrió a recibirlos y las hadas los rodearon.

—Bienvenida, honorable señora. Si le complace, deseamos que viva con nosotros
para enseñarnos los secretos de su arte.

—¡Nada me complacería más! —exclamó la viuda—. Pero, Chen, ¿aceptas tú?

Chen miró a los ojos de Li-en y sonrió: —Sí, mamá, acepto.

Así, la viuda se convirtió en maestra de las hadas y Chen se casó con Li-en.
Y se dice que no hay brocados más finos que los que se tejen en el Palacio del Sol.

How to say the names

Chen   **CHEN**
Li-en   **lee-EN**

About the Story

This tale is retold from "The Piece of Chuang Brocade" in *Folk Tales from China,* Third Series, Foreign Languages Press, Peking, 1958.

Brocade is woven cloth with raised patterns resembling embroidery. Though often confused with tapestry, it is made in an entirely different way. Brocade has been woven in China since at least the third century. There it is used for waistcoats, quilt covers, bedspreads, and other household items.

About the Author

Aaron Shepard is the award-winning author of more than twenty retellings of traditional literature from around the world. His work has been honored by the American Library Association, the National Council for the Social Studies, and the American Folklore Society. Aaron also provides a multitude of resources for teachers and librarians at his website, *www.aaronshep.com*. He lives in the Los Angeles area.

About the Illustrator

Xiaojun Li is an internationally known children's book illustrator. His work has won him awards in China, Japan, and the United States. Mr. Li was born and raised in Inner Mongolia, China. He now lives with his wife and son in Davis, California.